365 Inspirationen, achtsam zu leben

arsEdition

Sei achtsam für die schönen Dinge und dein Leben wird schön

Einen Moment lang innehalten, in sich hineinhören und nicht schon wieder an morgen denken, Dankbarkeit verspüren, die eigenen Gefühle ernst nehmen, genießen können, weniger »Machenmüssen« und mehr »Seinlassen« ... Achtsamkeit hat viele Formen und Farben und oftmals fällt es uns nicht so leicht, im Hier und Jetzt zu sein. Aber du kannst lernen, dein Leben achtsamer zu gestalten – es braucht etwas Übung und Geduld, aber es lohnt sich. Dieser Aufsteller steckt voller schöner Inspirationen und Denkanstöße für ein Leben voller Achtsamkeit. Also atme einmal tief durch und komm im Moment an.

Atemholen.

Gönn dir vor dem Aufstehen ein paar bewusste Atemzüge,
um achtsam im neuen Tag anzukommen.
Beobachte deine Atmung – wie verändert sie sich im Laufe eines Tages?
Was hilft dir, zur Ruhe zu kommen?
Wo fühlst du dich geborgen und entspannt?
Lerne, ruhig zu bleiben, nicht alles verdient eine Reaktion.

Es gibt **Wichtigeres** im Leben,
als beständig dessen Geschwindigkeit zu erhöhen.

MAHATMA GANDHI

Anspannung sollte sich
mit Entspannung abwechseln.

Spannst du eine Saite **zu stark**,
wird sie reißen.
Spannst du sie **zu schwach**,
kannst du nicht auf ihr spielen.

BUDDHA

Wir müssen von Zeit zu Zeit
eine Rast einlegen und warten,
bis unsere Seelen uns wieder eingeholt haben.

WEISHEIT DER INDIANER

Der Tempel der reinsten Gedanken ist **die Stille.**

SARAH JOSEPHA HALE

Sei immer da, wo du gerade bist

Wenn du gehst, dann gehe.

Spüre den Kontakt mit dem Boden, nimm deinen

Atem und deinen Herzschlag wahr und beobachte aufmerksam,

was um dich herum geschieht.

Du musst nur **langsam** genug laufen,
um immer in der Sonne zu bleiben.

ANTOINE DE SAINT-EXUPÉRY

Wir alle haben **zwei** Leben.

Das zweite beginnt, wenn wir merken, dass wir nur eines haben.

TOM HIDDLESTON

Atme tief durch

Wo auch immer Wartezeit entsteht, ärgere dich nicht, du kannst es ohnehin nicht ändern oder beschleunigen. Versuche, die Situation anzunehmen – denn dieser Moment schenkt dir wertvolle Zeit mit dir selbst. Atme und lass los.

Komm zurück in den Moment

Wann immer dir danach ist, schließe deine Augen,
lass deinen Körper ruhig werden und atme ganz bewusst.
Beobachte nur, wie dein Atem in deinen Körper strömt und wieder hinaus –
gönn dir öfter einen Hier-und-Jetzt-Moment.

Sei gegenwärtig in allem,
was du tust, denn die einzige Wirklichkeit ist jetzt.

WEISHEIT AUS DEM ZEN-BUDDHISMUS

Do not try to rush things that need **time to grow.**

Achtsamkeit

bringt dich nach Hause in die Gegenwart.

THICH NHAT HANH

Wenn du nach Hause kommst,
lass den Alltag mit seinen Sorgen
hinter dir und lege den Tag
wie einen Mantel ab.
Was hilft dir,
um nach einem stressigen Tag
zu entspannen?

So wie der Grund eines Sees deutlich sichtbar wird,
wenn die Wellen an der Oberfläche sich legen,
so kann **das wahre Selbst** wahrgenommen werden,
wenn sich die Erscheinungsformen des Geistes legen.

SWAMI SIVANANDA

Ahme den **Gang der Natur** nach.
Ihr Geheimnis ist Geduld.

RALPH WALDO EMERSON

Erst atmen,
dann handeln.

Fühlen.

Spüre in dich hinein: Was brauchst du, damit es dir gut geht?

Wann warst du das letzte Mal so richtig glücklich?

Übe dich in Mitgefühl und versuche, weniger schnell zu urteilen.

Versuche eine geführte Meditation für mehr Liebe in deinem Leben.

Hör öfter mal auf dein Herz statt auf deinen Kopf.

In welchen Situationen fühlst du dich unwohl?

Den Puls des **eigenen Herzens** fühlen.
Ruhe im Innern, Ruhe im Äußern. Wieder Atem holen lernen, das ist es.

CHRISTIAN MORGENSTERN

Wofür empfindest du Dankbarkeit?

Der Sinn des Lebens besteht nicht darin,
ein erfolgreicher Mensch zu sein, sondern ein wertvoller.

ALBERT EINSTEIN

Je mehr du **alleine** bist,
umso näher bist du deinem **spirituellen** Kern.

SWAMI KRISHNANANDA

Erfahrungen sind Maßarbeit.

Sie passen nur dem, der sie macht.

OSCAR WILDE

Und was du nicht erfühlen kannst, das kannst du nicht erjagen!

JOHANN WOLFGANG VON GOETHE

Es gibt **Augenblicke** in unserem Leben,
in denen Zeit und Raum tiefer werden und das Gefühl
des Daseins sich unendlich ausdehnt.

CHARLES BAUDELAIRE

Was wir haben, können wir verlieren,
aber doch niemals, **was wir sind**.

WILHELMINE VON HILLERN

Du besitzt nicht eine Seele.
Du bist eine **Seele** und besitzt einen Körper.

C.S. LEWIS

Fühl mal drüber nach

Lege die Hand auf dein Herz:

Was fühlst du in diesem Moment,

wenn du achtsam in dich hineinspürst?

Man lernt so viel, wenn man still ist und zuhört.

SYLVIA PLATH

Was hat dich zuletzt **traurig** gemacht?

Alles hat einen Grund

Manchmal passieren schlechte Dinge,
damit etwas Neues und Schönes
daraus entstehen kann.

Es ist wenig, was man zur **Seligkeit** braucht.

FRIEDRICH SCHILLER

Feel more – live more

Verliere nicht den Bodenkontakt und laufe öfter barfuß.

Spüre genau hin, wie sich der Untergrund anfühlt.

»Nein«
ist ein ganzer Satz.

Lebe deine ganze Gefühlspalette,

ohne dich zu erklären oder zu entschuldigen oder etwas zu unterdrücken.

Zum achtsamen Umgang mit dir selbst gehört,

dass du auch negative Emotionen wie Wut, Ärger, Eifersucht,

Neid oder Frust zulassen kannst.

In der inneren Stille hört jede Bewegung des Denkens auf
und das Herz beginnt zu sprechen.
WEISHEIT DER INDIANER

Sei achtsam mit deinem Körper

Versuche einmal, auch deinen körperlichen Schmerz anzunehmen, statt ihn zu betäuben. Ärgere dich nicht darüber, dass du weniger leistungsfähig bist – spüre lieber genau hin, was dein Körper dir damit sagen möchte und was er vielleicht brauchen könnte.

Wenn die **Achtsamkeit** etwas Schönes berührt,
offenbart sie dessen Schönheit.
Wenn sie etwas Schmerzvolles berührt,
wandelt sie es um und heilt es.

WEISHEIT AUS DEM ZEN-BUDDHISMUS

Was bringt dich zum Strahlen?

Seinlassen. Loslassen.

Versuche nicht, etwas festzuhalten, das dich unglücklich macht.

Lass dich öfter mal fallen und **vom Leben überraschen.**

Was andere denken, ist **nicht so wichtig** wie das, was du denkst.

Was möchtest du gerne **loslassen?**

Was würde dir in deinem **Leben** nicht fehlen, wenn du es nicht hättest?

Akzeptiere, wie wunderbar und einzigartig du bist.

Es darf leicht sein.

Weil man an sich selbst glaubt, versucht man nicht,
andere zu überzeugen. Weil man mit sich selbst zufrieden ist,
braucht man die **Zustimmung** anderer nicht.
Weil man sich selbst annimmt,
akzeptiert einen die ganze Welt.

LAOTSE

Wir sehen die Dinge nicht, wie sie sind, wir sehen sie so, wie wir sind.

ANAÏS NIN

Die Dinge haben nur den Wert,
den man ihnen verleiht.

MOLIÈRE

Lass dir von vergangenen Konflikten nicht das Heute zerstören
und betrachte jeden Tag als kleinen Neuanfang.

Think less, live more

Nimm dir aktiv Zeit zum Grübeln,
damit du dich außerhalb deiner »Grübelzeit« ausschließlich
mit schönen Gedanken beschäftigen kannst.

Gleich einer ziehenden **Wolke** durch nichts gebunden:
Ich lasse einfach los, gebe mich in die Launen des Windes.

DAIGU RYŌKAN

An seinem Ärger festzuhalten ist genauso wie
eine glühende Kohle in die Hand zu nehmen,
um sie nach jemandem zu werfen.

BUDDHA

Nimm sie an und dann lass los:
Wut ist auch nur Energie, die sich entladen muss.

Yoga ist das Zur-Ruhe-Bringen
der Bewegungen im Geist.

PATANJALI

Gib etwas Kontrolle ab ...

... und lass dich in den Moment fallen. Umkehrhaltungen aus dem Yoga erfordern oft etwas Mut, aber sie eröffnen dir einen neuen Blickwinkel und helfen dir so vielleicht dabei, das ein oder andere Problem zu lösen.

Eine Blume konkurriert nicht mit der Blume neben ihr.

Sie **blüht** einfach.

UNBEKANNT

Nimm dich liebevoll an

Du bist einzigartig.

Du bist gut so, wie du bist.

Du bist vollkommen und liebenswert.

Hör auf, dich mit anderen zu vergleichen.

Und jetzt, wo du nicht mehr **perfekt** sein musst,
kannst du gut sein.

JOHN STEINBECK

Es ist mehr wert,
jederzeit die Achtung der Menschen zu haben,
als gelegentlich ihre Bewunderung.

JEAN-JACQUES ROUSSEAU

Schick deine Gedanken mit dem Wind fort

Wenn dir mal wieder zu viel im Kopf rumgeht,
packe die Sorgen und Ängste gedanklich in Wolken und
lass sie vorüberziehen. Immer wenn ein neuer Gedanke auftaucht,
lässt du ihn sanft los.

Welchen negativen Glaubenssatz würdest du gerne loslassen oder in etwas **Positives** verwandeln?

Lieben.

Sei gut zu dir selbst – auch du hast deine Liebe verdient.

Wer zu gut gegen andere ist, ist zu wenig gut gegen sich.

Sei liebevoll und achtsam in Beziehungen.

Hör auf dein Herz, es kennt dich ganz genau.

Was liebst du an dir?

In einer Welt, in der du alles sein kannst, sei gütig.

Finde das **Schöne** in deinem Herzen,
auf dass du es in jedem Herzen entdeckst.

RUMI

Handle, als ob das, was du tust,
einen Unterschied macht.
Denn das tut es.

WILLIAM JAMES

You should never take more
than you **give**.

Die **Menschen** bauen zu viele Mauern
und zu wenig Brücken.

ISAAC NEWTON

Geliebt wirst du einzig,
wo du schwach dich zeigen darfst,
ohne Stärke zu provozieren.

THEODOR W. ADORNO

Verzeihe dir selbst deine Schwächen und Fehler.
Du kannst die Vergangenheit nicht ändern,
also richte deinen Blick auf die **Zukunft** und mach es besser.

Die Motive der besten Handlungen vertragen kein zu genaues Erforschen.
Die Beweggründe der meisten Handlungen,
der guten wie der bösen, mag man mit **Selbstliebe** erklären.

JONATHAN SWIFT

Die **Selbstliebe** ist die Quelle, der Ursprung
und das Prinzip aller unserer Leidenschaften;
sie allein entsteht mit dem Menschen
und verlässt ihn nie, solange er lebt.

JEAN-JACQUES ROUSSEAU

Die **Liebe**, die ein jeder gegen sich selbst hegt,
ist kein zufälliges, sondern ein von Natur in ihn gepflanztes Gefühl.

ARISTOTELES

Niemals in der Welt hört
Hass durch Hass auf.
Hass hört durch Liebe auf.

BUDDHA

Be kind

Sei warmherzig und großzügig zu den Menschen, denen du begegnest.
Halte nicht an Vorurteilen oder Meinungen fest, sondern begegne anderen
Menschen freundlich, respektvoll und unvoreingenommen.
Nimm sie so an, wie sie sind –
denn auch du möchtest akzeptiert werden, wie du bist.

Leave a little love wherever you go

Du hast es in der Hand! Die Welt kann durch deine Liebe, Nachsicht, Fürsorge und Umsicht ein schönerer Ort werden. Welche positive Eigenschaft oder Fähigkeit von dir würdest du gerne intensiver pflegen?

Ich verströme meine Liebe um mich herum
und sie spiegelt sich in anderen wider.

ANAÏS NIN

Ich glaube, dass die einzige wahre Religion darin besteht,
ein **gutes Herz** zu haben.

DALAI LAMA

Weniger denken, **mehr fühlen.**

Wer aber **leicht** werden will und ein Vogel,
der muss sich selber lieben.

FRIEDRICH NIETZSCHE

Schön, dass es dich gibt

Die Welt ist ein so viel schönerer Ort, weil es dich gibt!

Versuche, Komplimente dankbar anzunehmen,

statt sie zu hinterfragen oder sie kleinzureden.

Die Sonne scheint für dich –

deinethalben, und wenn sie müde wird,

leuchtet der Mond und dann werden die Sterne angezündet.

SØREN KIERKEGAARD

Wenn unsere Achtsamkeit diejenigen einschließt,
die wir lieben, blühen sie wie Blumen auf.

THICH NHAT HANH

Lerne, liebevoll zu sprechen

Du fühlst dich mit dir selbst oft unwohl?

Wähle deine Worte bewusster aus und achte auch bei (gedanklichen) Selbstgesprächen auf einen möglichst positiven Wortschatz.

Sei nicht zu hart mit dir selbst, nimm dich liebevoll an.

Die Welt kann nur gut und rein sein,
wenn unser Leben gut und rein ist.
SWAMI VIVEKANANDA

Wohlfühlen.

Gönn dir genug Zeit für dich und deine Gedanken.
Verbringe mehr Zeit mit deinen Lieblingsmenschen.
Mach, was immer dir guttut.
Schaffe dir einen Wohlfühlort, an dem du Kraft tanken kannst.
Achte auf ausreichend Schlaf und ernähre dich gut.
Schaffe dir jeden Tag einen kleinen Glücksmoment,
der dich strahlen lässt.

Eine halbe Stunde Meditation ist absolut notwendig, außer
wenn man sehr beschäftigt ist, dann braucht man eine ganze Stunde.
FRANZ VON SALES

Kümmere dich

um deinen Körper,

er ist der einzige Ort,

den du zum Leben hast.

JIM ROHN

Wofür würdest du dir gerne mehr Zeit nehmen?

Man **trinkt Tee,**

um den Lärm der Welt zu vergessen.

T'IEN YIHENG

Die schönsten, angenehmsten Tage sind nicht die,
an denen großartige, aufregende Dinge passieren,
sondern die mit den einfachen, netten Augenblicken,
die sich aneinanderreihen wie Perlen auf einer Schnur.

LUCY MAUD MONTGOMERY

Probiere Yoga, denn durch die Konzentration auf die **Atmung** wird dein Geist automatisch ruhiger, während die Asanas deinen Körper fordern.

Wer Yoga übt, entfernt das Unkraut aus dem Körper, sodass der **Garten** wachsen kann.

B. K. S. IYENGAR

Was lässt
dein Herz tanzen?

Die **Liebe** zu den Menschen schließt
die eigene Person nicht aus.

MOZI

Niemand außer dir kann dich **glücklich** oder unglücklich machen.

MARTIN OPITZ

Wann hast du dir zuletzt etwas Gutes getan,
dich verwöhnt, dir etwas gegönnt und es dir so richtig gut gehen lassen?
Wenn du dich nicht daran erinnern kannst, ist es zu lange her.

Neues wagen.

Wann hast du das letzte Mal etwas zum ersten Mal gemacht?

Was hindert dich daran, das zu tun, was du möchtest?

Welche Träume und Wünsche hast du?

Frag dich nicht, ob es richtig ist. Spüre, wie du dich dabei fühlst.

Trau dich und mach es.

Niemand weiß, was in ihm steckt,
solange er nicht versucht, es herauszuholen.

ERNEST HEMINGWAY

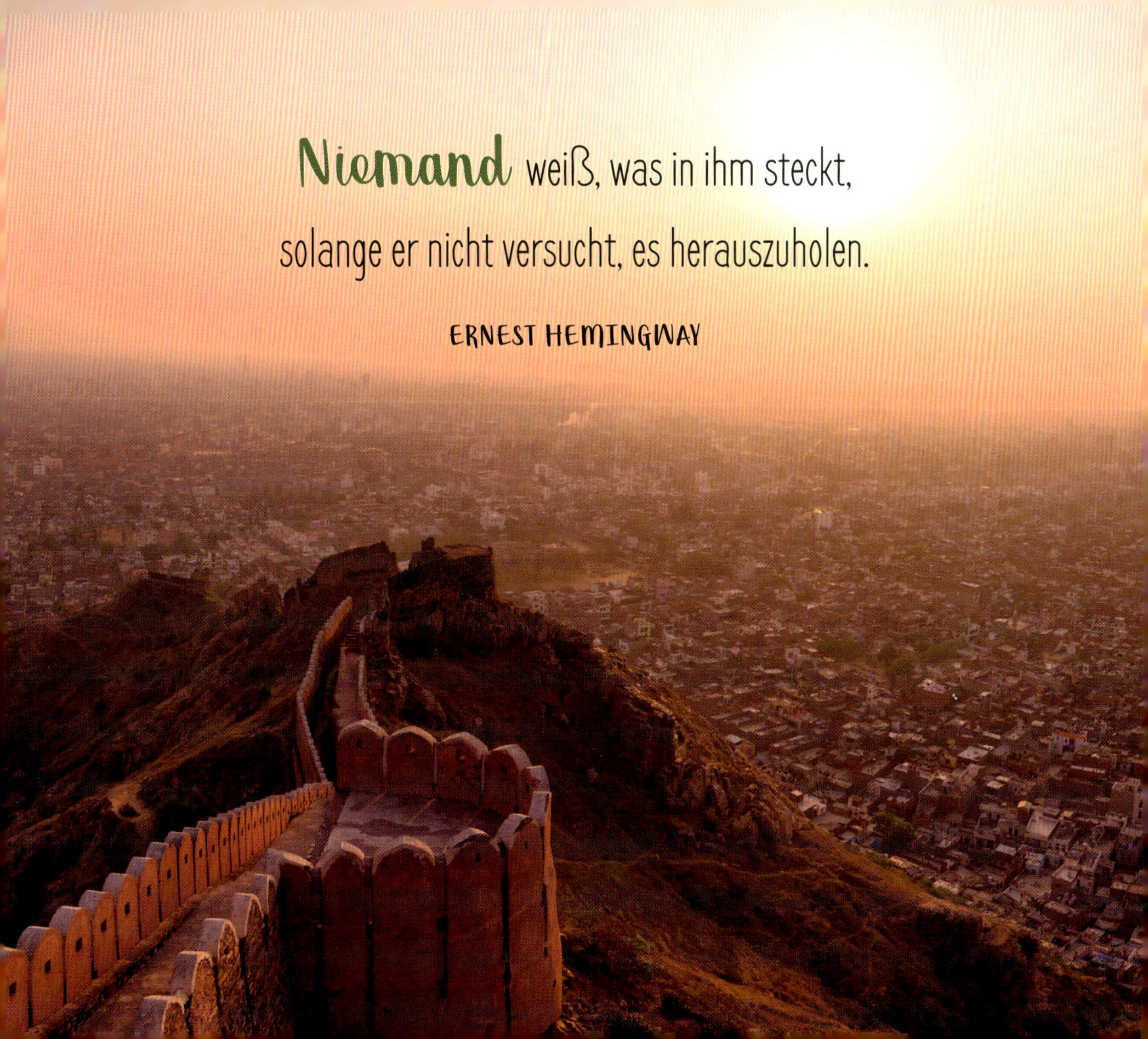

Mach was Neues und lebe den Moment

Sei offen für Veränderungen in deinem Leben und verlasse öfter mal deine Komfortzone. Damit du deinen Tag bewusst erlebst, mach hin und wieder etwas anders als sonst. Denn wenn man neue Dinge sieht, schmeckt oder tut, ist man ganz im Hier und Jetzt.

Habe Mut, deinem Herzen und deiner Intuition zu folgen.
Irgendwie ist das der richtige Weg.

STEVE JOBS

Welches Leben wünschst du dir für dich?

Gib deinen Wünschen und Träumen genug Raum und nimm dir jetzt einen Moment Zeit, um deinem Herzen zuzuhören.

Auch eine schwere Tür hat nur einen **kleinen Schlüssel** nötig.

CHARLES DICKENS

Das Leben

schrumpft oder dehnt sich aus,
proportional zum eigenen Mut.

ANAÏS NIN

If you don't like where you are, move!
You are not a tree.

Kein gutes Buch oder irgendetwas Gutes
zeigt seine gute Seite zuerst.

THOMAS CARLYLE

Alle Stärke wird nur durch Hindernisse erkannt,
die sie überwältigen kann.
IMMANUEL KANT

Das Leben findet heute statt

Warte weniger, lebe mehr!

Greif nach den Sternen, träume groß – aber fang jetzt damit an!

Was möchtest du heute in einem Jahr erreicht haben?

If you can **dream** it,
you can do it.

Zauber des Augenblicks.

Niemals wird es wieder so sein oder sich so anfühlen wie jetzt –

lebe im Moment.

Sei achtsam und tue eins nach dem anderen.

Slow Living statt schneller, höher, weiter.

Ärgere dich weniger, freue dich mehr.

Schenke den kleinen Dingen größere Aufmerksamkeit.

Jeder Augenblick des Lebens will uns etwas sagen.
FRIEDRICH NIETZSCHE

Was ist dir gerade **in diesem Moment** wichtig?

Ein **glücklicher** Mensch ist zu zufrieden mit der Gegenwart, um sich viele Gedanken über die Zukunft zu machen.

ALBERT EINSTEIN

Das **Denken** ist die Basis
von allem. Es ist wichtig,
dass wir jeden unserer Gedanken
mit dem Auge der
Achtsamkeit erfassen.

THICH NHAT HANH

Wie stehst du eigentlich im Leben?

Gehst du aufrecht und voller Tatendrang durchs Leben oder machst du dich eher klein, weil du fürchtest, deine wahre Größe verstecken zu müssen? Achte heute mal auf deine Körperhaltung und wie sie sich in bestimmten Situationen verändert.

Sei glücklich für diesen **Moment**.
Dieser **Moment** ist dein Leben.

OMAR CHAYYĀM

Stay focused

Versuche heute einmal, nicht alles gleichzeitig zu tun, sondern eines nach dem anderen. Hetze oder überfordere dich nicht und hab Geduld mit dir. Sei gedanklich nur bei dem, was jetzt gerade wichtig ist.

Inhale the moment.
Exhale the past.

Die beste Weise, sich um die **Zukunft** zu kümmern, besteht darin, sich sorgsam der Gegenwart zuzuwenden.

THICH NHAT HANH

Bewahre dir den **Geist** eines Kindes und betrachte die Dinge,
als würdest du sie zum ersten Mal sehen.

Lebe, als würdest du morgen sterben,
lerne, als würdest du ewig leben.

MAHATMA GANDHI

Entdecke die Kunst der Langsamkeit

Übe dich in Langsamkeit – besonders, wenn du es eigentlich eilig hast. So vermeidest du es, Fehler zu machen, unvorsichtig zu sein oder übereilt und aus der Panik heraus zu handeln. Übe dich im langsamen und genussvollen Essen sowie im Zeitvertreib ohne aufregende Unternehmungen.

Auch die **Pause** gehört zur Musik.

STEFAN ZWEIG

Genau genommen
leben sehr wenige Menschen in der Gegenwart.
Die meisten bereiten sich vor, demnächst zu leben.

JONATHAN SWIFT

Nie in die ferne Zeit verliere dich!
Den Augenblick ergreife! Der ist dein.
FRIEDRICH SCHILLER

Sieh mal genauer hin

Übe dich im achtsamen Beobachten und nimm deine Umgebung mit allen Sinnen wahr – ohne irgendetwas zu bewerten oder dich zu ärgern.

In Freiheit, mit Blumen, Büchern und dem Mond –
wer könnte da nicht glücklich sein?

OSCAR WILDE

Freude.

Freude spüren.

Freude teilen.

Wann hast du zuletzt Freude verschenkt?

Das Leben genießen, lachen, lieben.

Freundlich sein – mit sich und anderen.

Alle Lebewesen außer dem Menschen wissen, dass die Hauptaufgabe des Lebens darin besteht, sich **am Leben zu freuen**.

SAMUEL BUTLER

Ein *freundliches* Wort
kostet nichts
und dennoch ist es
das Schönste aller Geschenke.

DAPHNE DU MAURIER

Das eigene Glück

ist mit dem der anderen untrennbar verbunden.

DALAI LAMA

Auch in **Beziehungen** kannst du achtsam sein:
Suche Blickkontakt, wende dich dem anderen aktiv zu,
schenke ihm deine ungeteilte Aufmerksamkeit.
Du wirst merken, dass man mit der Zeit auch
achtsamer mit dir umgehen wird.

Die schönsten Erinnerungen sind stets Erlebnisse,
für die man sich Zeit genommen hat.
CHARLES KURALT

Du bist der wichtigste Mensch in deinem Leben. Behandle dich, wie du andere auch behandeln würdest: wohlwollend und nachsichtig. Nur wer sich selbst liebt, kann auch andere lieben.

Du bist nicht ein Tropfen im **Ozean**,

du bist der gesamte Ozean in einem Tropfen.

RUMI

Welche Menschen berühren dein **Herz**, inspirieren dich,
bringen dich zum **Staunen** oder **Lachen**?

Blicke in dein Inneres!

Da drinnen ist eine Quelle des Guten, die niemals aufhört zu sprudeln, solange du nicht aufhörst, danach zu graben.

MARC AUREL

Dankbarkeit.

Sei dankbar für das, was du hast und was du bist.

Was ist dir heute Schönes widerfahren?

Worüber hast du zuletzt gestaunt, gelacht, dich gefreut?

Less is often so much more.

Fallen dir auf Anhieb zehn Dinge ein, für die du dankbar bist?

Be **grateful**
for small things,
big things and everything
in between.

Zufriedenheit ist der Stein der Weisen,
der alles in Gold verwandelt, das er berührt.

BENJAMIN FRANKLIN

Suche das Schöne

Man muss die Welt mit Wunderaugen sehen. Übe dich im Staunen und suche immer das Schöne in den Dingen, den Menschen und der Natur.

Das **Gestern** ist Geschichte,
das **Morgen** ist ein Geheimnis,
das **Heute** ist ein Geschenk.

Die Erde hat **Musik** für diejenigen, die zuhören.

WILLIAM SHAKESPEARE

Erhelle das Morgen
mit dem Heute.
ELIZABETH BARRETT BROWNING

Es kommt nicht darauf an,
dem Leben mehr Jahre zu geben,
sondern den Jahren mehr Leben zu geben.

ALEXIS CARREL

Nichts kann das **Licht** dimmen, das aus dir selbst scheint.

MAYA ANGELOU

Dankbarkeit lässt dein Herz auch
in dunklen Stunden funkeln und strahlen.

Vertrauen.

Hab Vertrauen in dich selbst und die eigenen Fähigkeiten.

Schenke anderen Menschen dein Vertrauen.

Vertraue dem Timing deines Lebens.

Du bist dein Zuhause, egal wo du bist.

Wem vertraust du aus tiefstem Herzen?

Wer Vertrauen hat,
erlebt jeden Tag Wunder.
EPIKUR

Wenn ein Problem gelöst werden kann, braucht man sich keine Sorgen zu machen. Wenn nicht, sind Sorgen sinnlos.

DALAI LAMA

Probiere einen Bodyscan

Lege dich dazu bequem auf den Rücken,
schließe die Augen und wandere mit deiner Aufmerksamkeit durch deinen gesamten Körper – von den Zehenspitzen bis hinauf zum Scheitel.
Spüre überall ganz genau hin und versuche, wertfrei wahrzunehmen.
Aufkommende Gedanken darfst du sanft zur Seite schieben.
Das innere Abtasten verbessert deine Konzentrationsfähigkeit und hilft dir dabei, dein Gedankenkarussell aktiv zu stoppen.

Du bist zeitlebens für das verantwortlich, was du dir *vertraut* gemacht hast.

ANTOINE DE SAINT-EXUPÉRY

Wem vertraust du deine Gedanken, Wünsche,
Träume, Hoffnungen, Sorgen,
Ängste und deine Zweifel an?

Wer einmal sich **selbst** gefunden hat,
kann nichts auf dieser Welt mehr verlieren.

STEFAN ZWEIG

Ruhe und **Befriedigung**

findet der Mensch nur in sich selbst,

nicht in äußeren Dingen.

ANTON PAWLOWITSCH TSCHECHOW

Sei du selbst die **Veränderung**, die du dir wünschst für diese Welt.

MAHATMA GANDHI

Selbstmitleid bringt dich nirgendwohin.
Man muss den **abenteuerlichen Mut** haben,
sich selbst als ein Bündel von Möglichkeiten zu akzeptieren,
um das Beste aus seinem Leben zu machen.

HARRY EMERSON FOSDICK

Hab Geduld, alle Dinge sind schwierig, bevor sie einfach werden.

FRANZÖSISCHES SPRICHWORT

Vertrauen bedeutet, den ersten Schritt zu tun,
auch wenn du noch nicht den ganzen Weg sehen kannst.

MARTIN LUTHER KING

Lerne deine **Grenzen** (wieder) kennen
und übernimm Verantwortung für dich und dein Wohlbefinden.

Niemand rettet uns, außer wir selbst.
Niemand kann und niemand darf das.
Wir müssen selbst den Weg gehen.
BUDDHA

Gelassenheit

Versuche, dich auf das Leben einzulassen.

Hör auf, Dinge kontrollieren zu wollen.

Hör auf, dich kontrollieren zu wollen.

Wer bist du, wenn du niemand sein musst?

Lerne zu vergeben.

Alle Handlungen, alle Werke, alles Karma gehören zur Natur, nicht zum Göttlichen. Der Mensch ist es, der sein irdisches Los bestimmt. Die Menschen besiegeln ihr **Schicksal** selbst.

BHAGAVAD GITA

Nur wer selber **ruhig** bleibt,
kann zur Ruhestätte all dessen werden, was **Ruhe** sucht.

LAOTSE

Ein **Körper**, der ruhig und entspannt ist,
zieht den geistigen Frieden an.

PARAMAHANSA YOGANANDA

Gelassenheit ist eine anmutige Form des Selbstbewusstseins.

MARIE VON EBNER-ESCHENBACH

Wirf deine Gedanken wie Herbstblätter in einen blauen Fluss,

schau zu, wie sie hineinfallen und davontreiben,

und dann: *vergiss sie*.

WEISHEIT AUS DEM ZEN-BUDDHISMUS

Sei wie ein Fels, an dem sich beständig die Wellen brechen!

Er bleibt stehen, während sich rings um ihn

die angeschwollenen Gewässer legen.

MARC AUREL

Die **Gelassenheit des Geistes** ist eine der schönen Juwelen der Weisheit.

JAMES ALLEN

Das **Leben** besteht zu 10 % aus Dingen,
die dir passieren, und zu 90 % daraus, wie du auf sie reagierst.

CHARLES R. SWINDOLL

Think positive ...

... and positive things will happen! Gedanken haben ihre ganz eigene Macht, darum solltest du sie auch aktiv lenken. Versuche heute einmal, in allem das Positive zu sehen.

Lass die Dinge kommen und gehen.
Dein Herz sei offen wie der Himmel.
WEISHEIT AUS ASIEN

Wenn du aus dem **Nachdenken** mal wieder nicht rauskommst,
dann fang einfach an, rückwärts zu zählen.
So bleibt kein Platz für störende Gedanken und du kommst
ganz leicht wieder zurück ins Hier und Jetzt.

Vergebung ändert nie deine Vergangenheit,
bereichert aber deine Zukunft.

Es ist dumm,
sich über die Welt zu ärgern.
Es kümmert sie nicht.

MARC AUREL

Am Anfang warst du selbst.
Am **Ende** wartet das **Glück**.

In einigen Fällen war es nicht möglich, für den Abdruck der Texte die Rechteinhaber zu ermitteln. Honoraransprüche der Autoren, Verlage und ihrer Rechtsnachfolger bleiben gewahrt.

Covergestaltung: das verlagsatelier ROMY POHL
Gestaltung Innenteil: Eva Schindler

Bildnachweis: Cover: www.shutterstock.com: arigato; Kirasolly; tatishdesign; Serhii Brovko; Motive Innenteil: *Getty Images:* S. 5: olegbreslavtsev; S. 6: peterschreiber.media; S. 9: Ashkapoorphoto; S. 11: helivideo; S. 12: anass bachar; S. 16: Nick Poon; S. 18: Patrick Daxenbichler; S. 21: Riekkinen; S. 23: toltek; S. 24: Svetlana Monyakova; S. 26: ninelutsk; S. 28: SHODOgraphy; S. 30: wirbnbrinf; S. 33: RamonCarretero; S. 34: DuchesseArt; S. 38: mariusz_prusaczyk; S. 40: Daniel_Kay; S. 43: byheaven; S. 45: Jaimie Tuchman; S. 47: abhisheklegit; S. 51: picStockMedia; S. 53: BalazsKovacs; S. 56: kotina; S. 58: Nick-Ferreira; S. 61: kieferpix; S. 63: Oleg Breslavtsev; S. 66: MikeMareen; S. 70: leonid_tit; S. 72: hanhanpeggy; S. 75: daniele2dm; S. 78: Africadventures; S. 81: dimatlt633; S. 83: XiXinXing; S. 85: LIKE HE; S. 87: Sonatali; S. 88: Foxys_forest_manufacture; S. 91: Remains; S. 97: yotrak; S. 99: maki_shmaki; S. 105: estt; S. 107: Phattana; S. 109: petejau; S. 110: Juergen Bauer Pictures; S. 114: CrackerClips; S. 116: Lara_Uhryn; S. 119: filistimlyanin; S. 121: Frank DeBonis; S. 123: yurok; S. 125: Jimfeng; S. 127: Davidevison; S. 128: Tabitazn; S. 131: wmaster890; S. 133: Nuture; S. 134: Sunil Adsul; S. 137: Memorystockphoto; S. 138: Digital Vision.; S. 144: Sunshine Seeds; S. 147: Biletskiy_Evgeniy; S. 148: Isilvia; S. 150: Alla Hryhorieva; S. 154: klikk; S. 156: SvitlanaBelinska; S. 159: scorpp; S. 161: chrisinthai; S. 162: Xantana; S. 164: huafires; S. 167: didecs; S. 168: StefanieDegner; S. 170: Tim Carmele; S. 172: Christian Horz; S. 174: Muralinath; *www.shutterstock.com:* S. 2: Serhii Brovko; S. 15: thaisign; S. 36: godsend63; S. 49: Jens Deppner; S. 65: jaboo2foto; S. 77: funnyangel; S. 92: Bubbers BB; S. 94: Suzanne Tucker; S. 101: Kevin George; S. 103: Dmytro Gilitukha; S. 112: borgestc; S. 141: Susan Gan; S. 142: Olha Rohulya; S. 152: Kite_rin; *Unsplash.de:* S. 54: kike vega; S. 68: Jessica Ruscello22
Hintergründe / Vignetten / Illustrationen: www.shutterstock.com: arigato; Kirasolly; tatishdesign; Kite-Kit; Anastasia Panfilova

ISBN 978-3-8458-4152-6
www.arsedition.de

MIX
Papier aus verantwortungsvollen Quellen
FSC® C012700